Por amor a nuestra Tierra

Escrito e ilustrado por

P.K. Hallinan

Traducido por

Aída E. Marcuse

Para Tim y Munyin

LECTORUM
PUBLICATIONS, INC.
137 WEST 14TH STREET, NEW YORK, NY 10011

POR AMOR A NUESTRA TIERRA

Spanish translation copyright © 1994 by Lectorum Publications, Inc.
Originally published in English under the title
FOR THE LOVE OF OUR EARTH
Copyright © 1992 by P.K. Hallinan
Art Copyright © 1992 by P.K. Hallinan

This edition published by arrangement with the original Publisher
Ideals Children's Books.

ISBN 1-880507-11-0

Printed in Spain

10 9 8 7 6 5 4 3 2 1

Por amor a nuestra Tierra,
todos hemos de intentar
que nadie arroje basura
ni en los campos ni en el mar.

Limpiaremos los caminos,
los jardines y praderas,
para que brillen ahora
como en la primera aurora.

Por amor a nuestra Tierra,
cuidaremos con amor
cada árbol, cada flor . . .

y cada mar arrullador.

Vigilaremos, constantes,
ríos, arroyos y lagos
para que como diamantes,
queden las aguas brillantes.

No usaremos los motores
que contaminan horrores.

No quemaremos la tierra,
pues se ennegrece y se afea.

Seguiremos adelante,
queda mucho por hacer:
volver el cielo brillante
y el sol del amanecer.

Por amor a nuestra Tierra
cuidaremos los sembrados
que dieran en el pasado
frutos a nuestros antepasados.

Compartiremos la cosecha
con pobres de todas partes,
pues a todos aprovecha
lo que a todos se reparte.

Renovaremos las barriadas,
y las casas más humildes,
para que nadie carezca
de una vivienda adecuada.

Por amor a nuestra Tierra,
de par en par abriremos
el corazón y la mente
para ayudar a la gente.

Le echaremos una mano
como si fuera un hermano.

Con cariño atenderemos
a los problemas ajenos.

Y nunca más,
además,
ni el credo ni el color
habrán de influir
en quién ha de regir.

Día a día, con firmeza,
un mundo mejor lograremos
cuidando la Naturaleza
a la que tanto debemos.

¡Por amor a nuestra Tierra!